dtv

Während seine Tochter seinen Umzug ins Heim vorbereitet, lässt der betagte Nobelpreisträger sein turbulentes Leben Revue passieren: die Banditen eines bösartigen Jahrhunderts und die Frauen seines Lebens, Zescha zum Beispiel, die es schon lange nicht mehr gibt, was er gelegentlich vergisst, oder Gretel. Regelmäßig ruft der Doktor ihre Nummer an. Es ist die einzige, die er sich merken kann. Er kennt die Frau, zu der sie gehört, sehr gut. Und sein sehnlichster Wunsch ist es, ihr nah zu sein. Gretel, die am anderen Ende der Leitung abnimmt oder eben auch nicht, ist die geschiedene Frau des Doktors.
Erbarmunslos direkt beschreibt Irene Dische die erlebte Wahrheit eines an Alzheimer Erkrankten. Der Doktor, bekannt aus Disches Bestseller »Großmama packt aus« ist nicht irgendein alter Mann, von dem sie erzählt. Es ist ihr Vater.
Und Irene Dische tritt in der Geschichte selbst auf: Als Tochter besucht sie den greisen Nobelpreisträger regelmäßig, ohne dass er sie erkennt.

Irene Dische, 1952 in New York geboren als Tochter eines Biochemikers (und späteren Nobelpreisträgers) und einer deutschen Ärztin, lebt seit den achtziger Jahren vorwiegend in Berlin und Rhinebeck/USA. Von H. M. Enzensberger entdeckt, startete sie 1989 mit dem Erzählungsband ›Fromme Lügen‹ ihre literarische Karriere; es folgten zahlreiche Erzählungsbände und Romane u. a. der Bestseller ›Großmama packt aus‹.

Irene Dische

Der Doktor braucht ein Heim

Erzählung

Aus dem Englischen von
Reinhard Kaiser

Deutscher Taschenbuch Verlag

Von Irene Dische sind im
Deutschen Taschenbuch Verlag erschienen:
Ein Job (13019)
Großmama packt aus (13521)
Loves / Lieben (13665)
Zwischen zwei Scheiben Glück (62070)
Fromme Lügen (13751)

**Ausführliche Informationen über
unsere Autoren und Bücher
finden Sie auf unserer Website
www.dtv.de**

Dezember 2009
Deutscher Taschenbuch Verlag GmbH & Co. KG,
München
www.dtv.de

Umschlagkonzept: Balk & Brumshagen
Umschlagfoto: gettyimages/Archive Holdings Inc.
Druck und Bindung: Druckerei C. H. Beck, Nördlingen
Gedruckt auf säurefreiem, chlorfrei gebleichtem Papier
Printed in Germany · ISBN 978-3-423-13839-0

Der Doktor braucht ein Heim

Überall, wo ich bin, ist auch sie. Ein Geist ist kein Gegenstand, er ist ein Zustand.

Zescha war in all den Frauen gegenwärtig, die in meinem Leben kamen und gingen. Auf der Haut dieser Frauen spürte ich Zeschas Wärme, in ihrer Erregung Zeschas verzückte Zustimmung, und wenn sie in ihrem Gebaren erkalteten, verließ Zescha sie, kam zu mir, haßte sie für mich, doppelt so heftig wie ich. Unlängst sind zwei Frauen unfreundlich zu mir gewesen, und Zescha ist wütend: »Sieh mal, wie gut du aussiehst! Das dichte Haar, der energische Ausdruck, die klugen Augen. Aber du hältst dich ein bißchen krumm, sitz gerade – das Kinn hoch. Na also. Was für ein Mann! Diese Gänse wissen gar nicht, was sie sich entgehen lassen.«

Eine der Frauen heißt Barbara, sie war meine Haushälterin. Sie war bildschön, blond und sinnlich, ihr Auftreten und ihre Art zu sprechen hatten etwas aufregend Gewöhnliches – eine polnische Madonna.

Aber gerade deshalb konnte Zescha sie nicht leiden. Zescha hatte immer so etwas Vergeistigtes, auch wenn sie auf Erden wandelte. Gegen vulgäre Menschen verschloß sie sich. Ihre tiefliegenden Augen wirkten dann leer, und ich wußte, daß diese Leere Abscheu bedeutet. Sie empfand Abscheu vor Barbara. Und wenn ich dieses dicke polnische Mädchen liebkoste, das nach Kleingeld und billigen Süßigkeiten roch, dann wand sich Zescha unwillig in meinen Armen.

Sie ist überglücklich, weil Barbara mich verlassen hat, obwohl die äußeren Umstände unerfreulich waren: Barbara brachte einen anderen Mann mit nach Hause. Ich fand die beiden in ihrem Bett, ineinander, aneinandergeklebt.

Barbara war wütend über die Störung. Sie löste sich von ihrem Liebhaber (ein Einfaltspinsel, ein junger Puertoricaner, ihr Fahrlehrer), richtete sich zu ihrer ganzen prachtvollen Größe auf, so daß ihr Gehänge vor meiner Nase wippte, packte mich, wie Kongreßpolen in seinen schönsten Träumen nach Galizien griff, und schleuderte mich ins nächste Zimmer, daß mein Blut Zeichen an der Wand hinterließ.

Dann tauchte ihr Fahrlehrer auf. Er hatte sich in aller Stille angekleidet, weißer Anzug. Ich muß zugeben, er machte einen ordentlichen Eindruck. Als er sah, was sie tat, versuchte er sie zu bremsen. Er schrie sie an: »Laß den Doktor in Ruhe!« Ich sagte mir: Der ist dein Freund.

Die Polizei versuchte mir das auszureden: Sind Sie denn ein Teddybär? Keine Frau könnte Sie durch zwei Zimmer schleudern. Sie nahmen den Fahrlehrer fest, Barbara packte ihre Taschen, während ich meine Aussage machte, und als ich das hinter mir hatte, war sie schon unterwegs zu ihrer Mutter.

Ich brauchte Zeschas Trost, und sie spendete ihn mir reichlich in den Umarmungen und freundlichen Worten einer Nachbarin. Die Nachbarin säuberte die Wand und die Teppiche mit einer Speziallösung zur Beseitigung von

Blut auf Möbeln, die man heutzutage kaufen kann. Meine Auseinandersetzung mit Barbara ist demnach nichts Ungewöhnliches. Im nachhinein bin ich übrigens ziemlich stolz darauf. Es ist der erste handfeste Streit mit einer Geliebten, den ich je hatte. In dieser Hinsicht ist das Leben an mir vorübergegangen, teils wegen der Zuneigung zu Zescha, meiner Schwester. Teils weil ich nicht zu diesen kräftigen, potenten Muskelmännern gehöre, die im Kino gezeigt werden und von denen es auf der Straße nur so wimmelt. Zescha sagte immer, ich sei der einzige Mann in ihrem Leben, geschmeichelt aber fühlte ich mich deshalb nicht, denn es ändert nichts daran, daß ich Jude bin und ziemlich gebrechlich, und diese Merkmale sprachen gegen mich. Trotzdem haben mich die Frauen immer gemocht, weil ich Grips habe, und für meinen Körper war das ein Glück.

Wie sich herausgestellt hat, ist die Nachbarin, die bei mir die Wand saubergemacht hat, meine Tochter. Sie ist bildschön.

Zescha kann nicht leiden, wenn ich etwas über das Äußere einer Frau sage. In letzter Zeit ist sie recht giftig. Nicht wegen der Nachbarin, die mir aus reiner Herzensgüte behilflich ist. Zescha hat nichts gegen sie, weil sie mir nichts bedeutet. Zescha hat etwas gegen Gretel, die mich jeden Sonntag besucht und zum Essen abholt. Die ganze Woche über warte ich darauf.

»Warum eigentlich? Was tut sie denn für dich?«

Sie *tut* nichts für mich, obwohl sie es, glaube ich, früher getan hat. Vage erinnere ich mich, daß Gretel mal versucht hat, eine Nacht mit mir im selben Bett zu verbringen, daß sie mir ihren Kopf mit dem dichten, vollen Haar auf die Brust bettete, den Arm über mich legte und nach meiner Schulter griff. Mir war, als müßte ich ersticken. Ich bat sie, auf dem Sofa im Wohnzimmer zu schlafen. Ich war müde, sie gekränkt.

Ich weiß nicht mehr, in welcher Beziehung sie zu mir gestanden hat. Vielleicht waren wir verheiratet. Aber ich weiß, daß ich mich mehrmals verliebt habe.

Beim ersten Mal war ich fünf Jahre alt. Das Mädchen hieß Annula, sie war sieben Jahre alt und stammte aus einer kolossal wichtigen Familie – sie war die Tochter des Bäckers. Sie lebte auf der anderen Seite eines breiten Gewässers, das Hudson River genannt wird. Der

Hudson River trennte mein Haus von ihrem Haus in Drohobyc. Nein – zwischen unseren Häusern lag viel mehr als bloß ein Fluß. Ihr Vater war eine gebieterische Gestalt, ganz anders als mein Vater, dieser kleine, hektische Bankier; ihre Mutter war sehr ordentlich, meine war versessen auf Bücher und Musik. Bei uns kämpften Hausmädchen um den Erhalt der Ordnung. Bei Annula roch es nach Kohl, Weihwasser und sauberem Bettzeug. Eine Zeitlang verkroch ich mich jeden Nachmittag in Annulas Küche, während Zescha daheim den Kopf hängen ließ. Meiner Mutter fiel meine Abwesenheit gar nicht auf, sie war viel zu sehr mit Lesen beschäftigt oder debattierte mit Freunden über eine neue Idee, die ihr eingefallen war.

Dann bereitete sich Annula auf ihre Heilige Kommunion vor, eine Zeit, in der auch die klügsten Kinder zu Fanatikern werden. Sie bestand darauf, mich zu taufen, bevor meine Seele in die Hölle käme. Es handelte sich um eine Notlage, eine Laientaufe war also gerechtfertigt. An einem Sabbatnachmittag folgte ich ihr in das warme, schleimige Wasser des Hudson. Wir standen bis zu den Knien drin. »Tiefer!« befahl sie. Ihr Kleid bauschte sich auf dem Wasser: »Tiefer!« Als uns das Wasser schließlich bis an die Schultern reichte, sagte sie, ich solle den Kopf untertauchen. Sie wollte nachhelfen; sie drückte meinen Kopf nach unten. Nachher sagte sie, dies sei wichtig. Mein Kopf sei groß und jüdisch und benötige eine ordentliche Portion Wasser. Ich spürte das Summen in ihrer Brust, als sie lateinische Gesänge anstimmte, und dann kämpfte ich mit allem, was ich hatte, gegen meine Liebste. Zuletzt biß ich ihr in die Hand, da ließ sie mich los.

Ich schoß hoch hinauf in den kalten blauen Himmel, und einen Augenblick lang blieb alles so still wie unter Wasser. Dann rann mir das Wasser aus den Ohren, ich konnte Annula lachen hören und konnte nicht aufhören, mit ihr zu ringen, zu kratzen, zu beißen, zu schreien.

Tagelang ließ mich die Panik nicht los. Ich dachte, da ich schon fast gestorben war, könnte mich der Tod immer noch einholen; die Tage, die vergingen, könnten sich als Illusion erweisen. Der Tod war so einfach: eine Mädchenhand wie ein Stahlpoller im Wasser. Mir fiel auf, wie flach mein Atem ging. Würde es einen nächsten Atemzug geben?

Ich wartete, ich zählte. Eines Tages schlief ich nicht und verbrachte den ganzen Tag mit

Zählen. An diesem Tag holte ich vierundzwanzigtausendvierhundertachtzigmal Luft. Die Zahl schien mir von tückischer Regelmäßigkeit zu sein: durchschnittlich eintausendzwanzig Atemzüge in der Stunde. Wäre ich nicht so aufgeregt gewesen, hätten es auch genau tausend sein können. Am nächsten Tag zählte ich das Blinzeln meiner Augen. Aber meine hinterhältigen Augen wollten nicht blinzeln, wenn sie sich beobachtet fühlten.

In einem Alter, in dem die meisten Menschen ihren Körper als Verbündeten ansehen, als einen Quell der Freude, hatte ich den meinen bereits als Feind identifiziert, als Verräter, auch wenn er scheinbar gut zu mir war. Und die böse Kraft dahinter war die Natur.

Deshalb begann ich mich für die Wissenschaft zu interessieren. Ich verliebte mich in die Natur, wie man sich in eine kalte Frau verliebt, die die Zuneigung, die man ihr entgegenbringt, selten erwidert. Ich beschloß, mein ganzes Leben dem Versuch zu widmen, sie zu verstehen.

Meine liebe Gretel deutet immer wieder an, ich sei desorientiert. Eine lächerliche Vorstellung. Ich weiß genau, daß wir nicht mehr in Drohobyc wohnen, daß wir wegen Zescha und ihrem Talent nach Wien gezogen sind.

Etwa zur selben Zeit, als ich mich auf die Berufung zum Chemiker einließ, begann Zescha, auf dem Klavier herumzuklimpern. Sie war ein zartes, rothaariges Kind mit blaßbraunen, winzig kleinen Augen. Als sie noch gar nicht sprechen konnte, summte sie schon jeden Fetzen Musik nach, der an ihr Ohr drang. Sobald sie laufen gelernt hatte, drückte sie sich immerzu im Salon herum, wo das Klavier stand, und hoffte, jemand werde spielen. Meine Mutter konnte den d-Moll-Walzer von Chopin. Sie spielte ihn immer wieder, ohne je das Tempo oder die Intonation zu ändern. Für die Familie war er ein Hintergrundgeräusch. Nur Zescha nahm ihn ernst. Mit drei Jahren schlug sie meiner Mutter vor, ihn schneller zu spielen. Die arme Frau konnte nicht. Sie versuchte es und geriet durcheinander, da schlug sich Zescha die Hände an die Ohren und jaulte vor Schmerz.

Ich möchte über meine Mutter nicht mal schlecht denken. Sie war ein Mensch ohne Fehl und Tadel, eine Rabbinki, sie hatte fünf Brüder und war die Jüngste und Klügste von allen. Die Brüder freuten sich über ihre Intelligenz, und wenn niemand hinsah, brachten sie ihr Hebräisch bei. Eines Tages trat sie in der Synagoge dicht hinter ihren Vater und las über seine Schulter hinweg aus der Torah; der Vater gab ihr vor allen Leuten eine Ohrfeige.

Ihre Brüder lachten noch jahrelang darüber. Sie gingen in die Wirtschaft und die Politik; meine Mutter war bildschön und heiratete meinen Vater, ein wohlhabendes, gutmütiges, geistesabwesendes Nervenbündel. Wenn er ihr auf der Straße begegnete, tippte er an seinen Hut, weil er sie nicht erkannte. Meine Mutter folgte ihren eigenen Interessen, und der d-Moll-Walzer von Chopin gehörte dazu. Daß sie nicht Klavier spielen konnte, war nicht ihre Schuld. Sie weihte sich ganz dem Talent Zeschas, machte es zu ihrer Leidenschaft, und um die Begrenztheit ihres eigenen Repertoires wettzumachen, sorgte sie dafür, daß das von Zescha unerschöpflich wurde.

Zescha debütierte mit sieben Jahren in Lemberg. Mit acht spielte sie in Wien, und danach war sie ständig von gieräugigen, verschwitzten, händereibenden Erwachsenen umgeben, unter ihnen mehrere berühmte Pianisten, die Zeschas aufkeimendes Talent und ihre hübsche Person unter die Fittiche nehmen wollten. Zescha ertrug sie in Ruhe. Sie haßte das Sprechen. Sie sagte: Luft holen, den Mund bewegen und die Luft an den Stimmbändern vorbeischieben – wie anstrengend! Meine Mutter entschloß sich, mit uns allen nach Wien zu ziehen; Drohobyc war zu provinziell für eine Wunderkindkarriere.

Ich bin nicht desorientiert: ich weiß, daß ich jetzt in New York lebe und nicht in Wien. Und leider Gottes ist das Leben in New York viel schwieriger als das Leben in Wien. Die New Yorker sind Proletarier, die Wiener Kleinbürger. Darin besteht der ganze Unterschied: der Kleinbürger ist irgendwie menschlicher als der Proletarier. In Wien wäre Barbara ins Gefängnis gesteckt worden.

In Wien zog Zescha von einer Festlichkeit zur anderen, gab Konzerte oder sagte einfach nur guten Tag. Ihre Auftritte fanden große Beachtung, weil sie so hübsch war und doch so bescheiden. Ich blieb immer ihr liebster Freund, der einzige Mensch, für den sie überhaupt Interesse entwickelte. Nie versäumte sie, danach zu fragen, was ich gerade tue, meinen Fortschritten Beifall zu spenden, und stets registrierte sie, mit wem ich befreundet war. Einmal sagte sie: »Ich höre dich so gern reden, es ist wie Musik für mich.«

Aber eines Tages, als sie sechzehn Jahre alt war, klagte Zescha: »Musik sagt mir nichts mehr.«

Sie wollte nicht üben. Sie machte einen Bogen um das Klavier wie ein Hund, den man zwingt, an einem Feind vorüberzugehen. »So wirst du nie Karriere machen!« schimpfte meine Mutter. Zescha sagte nichts. Sie zog sich in einen Sessel im Salon zurück und hat ihn aus freien Stücken nicht mehr verlassen.

Sie hörte auf zu essen. Sie wurde matt und leicht wie ein toter Schmetterling. Sie folgte mir mit schrägen Augen, die sagten: »Küß mich, lieber Bruder. Umarme mich und küß mich, wie du es immer getan hast, als ich noch jünger war.« Und dann sah sie mich nicht mehr an.

Wir liefen von Arzt zu Arzt, es gab ja genug Ärzte in Wien, zwecklos, zwecklos. Weder Freud noch Adler konnten helfen, weder Freund noch Mutter. In einer Anstalt mit zwanzig, taub und gelähmt mit zweiundzwanzig.

Auch als Zescha mit niemandem mehr sprach, war sie immer bei mir. Sie ermutigte mich im Labor, sie hielt mich, wenn ich Katinka umarmte, die Tochter des Konditors neben der Oper. Katinkas Küsse waren O-förmig und schmeckten nach Schlagobers. Ich besuchte sie abends neben den warmen, süß duftenden Backöfen. Eine Empfindung ging über in die nächste, wir aßen frischen Apfelstrudel und küßten uns aufs neue, und zwischendurch lenkte sie das Gespräch auf die Religion. Wie Annula wollte auch sie mich taufen. Ich dachte an Zescha: Ablehnung.

Ich wechselte das Kaffeehaus und lernte Giedonka kennen. Sie hatte rote Haare, sang in einem Varieté und war bildschön. Sie wohnte in Budapest, aber immer wenn sie ein Engagement in Wien hatte, schrieb sie mir eine Karte, und ich holte sie vom Bahnhof ab, gleichgültig, wie spät es war, trug ihr die Koffer und bezahlte das Taxi zu ihrem Hotel. Dafür durfte ich nach der Vorstellung Brandy mit ihr trinken. So blieb es, bis ich eines Abends Mut faßte und sie für den nächsten Nachmittag einlud. Sie willigte ein. Zeschas Miene: Aufregung.

Bei Tageslicht sah ich, daß an Giedonkas Mund irgend etwas war, das sie mit ein wenig zusätzlichem Lippenstift abdeckte. Es fiel mir auf, während wir gemeinsam eine Glace verspeisten, mit demselben Löffel. Ich konnte nicht weiteressen. Der Mund, den ich seit so vielen Wochen zu küssen plante, dessen Wärme ich schon gespürt hatte, stieß mich nun ab. Mir blieb nur der höfliche Rückzug.

Zescha brauchte mich nicht erst auf die Gefahr des Küssens aufmerksam zu machen. Ich mußte Medizin studieren, weil die Chemie als Domäne des Arztes galt. Beim Anblick von Blut wurde mir schlecht; angesichts nackter Körper bekam ich Schwindelgefühle; wenn ich eine Leiche sah, fiel ich in Ohnmacht. Zescha war bei mir, als mir der Titel verliehen wurde, Doktor der Medizin – der einzige Promovierte, der nicht einmal über rudimentäre Anatomiekenntnisse verfügte.

Meine fehlenden Anatomiekenntnisse habe ich später nie vermißt. Es gab ja auch keine für meine Eltern akzeptable Frau, die mich gewollt hätte. Wissenschaft ist eine Kunst und kein Beruf. Andere Eltern warnen ihre Töchter davor, sich mit einem Naturwissenschaftler einzulassen – sie seien unzuverlässig, exzentrisch und zügellos. Und mein Vater ließ seiner Güte freien Lauf – er bezahlte mir mein Laboratorium und eine Laborantin, so daß ich mir um mein Auskommen nie Sorgen zu machen brauchte.

Das war, bevor die Banditen in das Land einfielen und ihn umbrachten. Meine Schwester und meine Mutter gingen nach Osten, zurück nach Galizien, und ich ging nach Westen: eine einfache Gleichung, die einer Trennung gleichkommt. Aber ich bin auch ohne sie und ohne das Geld meines Vaters zurechtgekommen. Die Amerikaner zahlten mir sofort ein Gehalt für meine Arbeit und machten mich zum Professor, auch wenn diese Auszeichnung bei den Proletariern nicht sonderlich angesehen ist. Die anderen Professoren aber respektieren mich, weil ich viele Preise erhalten habe. Vor allem einen, einen kolossal noblen, den jeder haben wollte. Zescha war bei mir, als er mir unter sehr heißen, sehr hellen Scheinwerfern in die Hand fiel. Ich weiß nicht, was ich mit ihm gemacht habe. Ich hatte ihn immer in meinem Schreibtisch. Aber was ist nur aus meinem Schreibtisch geworden? Bestimmt hat ihn irgend jemand gestohlen, hat das Holz zu Haus im Kamin verheizt, und dabei ist die Medaille geschmolzen.

Ich gebe zu, ich habe Probleme, seit meine Haushälterin weg ist, aber verstehen Sie mich recht – meine Probleme haben nichts mit dem Alter zu tun. Das Alter hat sich bei mir noch nicht bemerkbar gemacht. Wenn ich mir eben ein langes Kapitel in der Vergangenheitsform gegönnt habe, so geschah dies aus reiflicher Überlegung und nicht weil ich vergessen hätte, wie die Gegenwartsform verwendet wird, was ja bei alten Menschen vorkommt. Die Anwendung des Futurs allerdings ist mir praktisch verboten! Trotzdem werde ich es demnächst verwenden.

Ich werde es verwenden, wenn ich Gretel das nächste Mal sehe. Mein Liebling erinnert mich an Annula, sie ist größer und schwerer als ich und hat jene tief christliche Ausstrahlung, die ich stets so bewundert habe. Irgendwie waren wir früher mal alliiert, offenbar aus Leichtsinn.

Es geschah nach einer Party. Severo war da und Erwin und Hans. Sie hatten ihre Preise noch nicht, sie waren Bürgerliche. Ich war schon Nobelmann. Gretel war eines der wenigen Mädchen dort, sie hatte einen leichten österreichischen Akzent, der mir gefiel, und sie war bildschön. Ihre Eltern hatten Salzburg nach dem Krieg verlassen, sie studierte und wollte Pathologin werden, es war der Traum ihres Lebens. Alle fanden das lustig, eine junge, ranke Pathologin. Salvadore spielte in anzüglicher Weise an seiner Krawatte herum. Gretel kicherte ununterbrochen, ihre Zähne waren groß, ihre Augen aber waren noch größer, riesig und blau, ganz anders als Zeschas kleine Augen, und sie war ziemlich stämmig, während Zescha immer schmal gewesen war. Gretel sah aus wie die Heilige Jungfrau, kräftig, mit himmelblauen Augen. Und dann spielte ich Heiliger Geist.

Ich kann mich noch an die Szene erinnern, als sie mir sagte, daß sie ein Kind erwarte. Ich sagte empört: »Um Himmels willen.« Das nahm sie mir übel. Ein paar Jahre später erklärte sie, es habe einen nicht wiedergutzumachenden Schaden bei ihr angerichtet, habe ihrer Liebe einen Dolchstoß versetzt – dabei hatte ich ihr doch beim nächsten Atemzug angeboten, meine Frau zu werden.

Es war ein harter Schlag für mich, daß sie mich nicht abwies. Sie sagte, sie wolle darüber nachdenken, und bat mich, ich solle um zwei Uhr nachmittags zum Times Square kommen. Dann könne sie mir ihre Antwort geben. Anschließend ging sie ohne meine Erlaubnis in mein Labor, nahm eine Flasche Brassica Arvensis mit und leerte sie in die Badewanne ihres schmuddeligen Apartments. Sie wohnte in einem Haus ohne Aufzug und besaß damals keinen Penny, sie absolvierte eben ihr praktisches Jahr in diesem abscheulichen Beruf. Meine Madonna machte sich ein Bad zurecht, stark und heiß genug, um ihr Blut in Aufruhr zu versetzen. Sie blieb eine halbe Stunde darin sitzen, trocknete sich ab und marschierte hundertfünfzig Blocks weit, um sich mit mir zu treffen. Wir gingen in ein Horn-und-Hardart-Automatenrestaurant, sie entschuldigte sich und ging auf die Damentoilette, sah nach, ob sich etwas getan hatte, und da sich nichts getan hatte, kam sie wieder heraus und sagte zu mir: »Okay, ich heirate dich.«

Ihrem Vater erzählte sie nichts davon, denn der hätte sie umgebracht. Er war ein typischer österreichischer Mediziner: er wollte keinen Intellektuellen in der Familie.

Ich plaudere mit Gretel.

Ich: »Ich glaube an den absoluten Wert des menschlichen Lebens, daran, daß es ein Leben ohne Körper gibt, ein rein geistiges Leben. Und daß dieses Leben unglaublich komplex ist. Die Natur hat damit überhaupt nichts zu tun.«

Gretel: »Hör mal, ich muß weg, was willst du?«

Ich: »Ich muß zugeben, daß die Kommunikation mit Zescha nie eine sprachliche Angelegenheit war. Deshalb ist es irrelevant, daß ihr Körper nicht hier bei mir ist. Auf dieser hohen

Ebene begegne ich ihr. Du und ich, wir begegnen uns auf dem Meeresgrund des Alltags.«

Gretel: »Kann ich dich zurückrufen?«

Ich bin es nicht gewohnt, darauf zu warten, daß irgend jemand mich zurückruft, und deshalb werde ich rasch ungeduldig. Wer sich hingegen sein Leben lang geübt hat, darauf zu achten, was andere von ihm halten, dem wird es nichts ausmachen, wenn ihn eine Frau nicht zurückruft.

Diese Schwäche ist das erste Anzeichen des Alters bei mir. Obgleich ich nicht leugnen kann, daß mich die Natur in einer Hinsicht besiegt hat: sie ließ mich – es ist nicht zu verheimlichen – neunzig Jahre alt werden (auch wenn sie mir intellektuell noch kein Haar gekrümmt hat).

Ich: »Ich weiß, für dich ist diese Zahl – die Neunzig – wichtig. Du bist so oberflächlich, meine Liebe.«

Gretel: »Ich lege jetzt auf.«

Ich: »Natürlich bin ich ziemlich kritisch, was das Aussehen von Frauen angeht. Und Frauen über Achtzig haben selten Anziehungskraft – das ist die große Tragödie im Leben eines ganz alten Mannes.«

Gretel: »Bis dann.«

So muß ich mich denn der Frage stellen: Warum ruft Gretel nicht zurück?

Gretel wohnt in einer Villa am anderen Ufer der Donau, gemeinsam mit ihrem Vater, einem uralten, grimmigen Invaliden. Die Villa wird noch von einer anderen Gestalt bewohnt, einer Haushälterin, die sie samt all ihren Möbeln, den Kruzifixen und dem ersten Vertreter einer ganzen Dynastie von Dackeln mitgebracht haben. Diese Bedienstete ist ihr wertvollster Besitz, den ganzen Tag hastet sie herum, bedient sie und kocht ihnen die wagnerianischen Gerichte, an die sie gewöhnt sind. Sie hat das grimmigste Gesicht der ganzen Familie, meist aber sagen sie Engel zu ihr, weil sie ihr ganzes Leben ihnen gewidmet hat statt einem Ehemann.

Eine ihrer Hauptaufgaben besteht darin, mich vom Haus fernzuhalten. Tagsüber hält sie Wache neben dem Telefon. Sooft ich auch anrufe, es gelingt mir nicht, sie zu zermürben. Glauben Sie mir, ich habe es versucht. Es macht einen solchen Spaß, die Nummer zu wählen: 201-479-4301. Eine lyrische Nummer, der Anschluß einer schönen Frau.

Aber dann ist die Heilige am Apparat und

sagt: »Domizil Dr. Umpfenbach.« Dr. Umpfenbach bezieht sich sowohl auf den Vater, einen Pathologen, wie auf seine pathologische Tochter. Der ursprüngliche Dr. Umpfenbach ist in seinem Beruf nicht mehr aktiv, er arbeitet heute als Wachhund und paßt auf, daß ich nicht an seine Tochter herankomme. Seine Aufgabe besteht darin, zu behaupten, sie sei nicht da, also kommt er mit polternden Schritten ans Telefon, reißt der Heiligen den Hörer aus der Hand, macht ihr lautstarke Vorwürfe wegen ihrer Unfähigkeit und nimmt die Sache persönlich in die Hand. »Sie können am Sonntag nachmittag kommen. Bitte, rufen Sie uns nicht mehr an, und lassen Sie Gretel in Frieden – Sie sind nicht mehr mit ihr verheiratet, Gott sei Dank!«

Was er über seine Tochter sagt, ist nicht unbedingt gelogen. Ich bin schon mit dem Taxi zu ihrer Villa gefahren, habe unter den Betten nach Gretel gesucht und festgestellt, daß sie wirklich nicht da war. »Sie arbeitet, sie arbeitet«, kreischte der alte Mann hinter mir. »In der Morgue!« Ich habe hinter einem Busch gewartet, bis sie abends nach Hause kam, bin ihr die Stufen zum Haus hinauf gefolgt und mußte ansehen, wie sie ihm all ihre überschüssige Hingabe mitbrachte.

Ich bin zu dem Schluß gekommen: Hier fühle ich mich am wohlsten, unter Österreichern, guten Österreichern. Die Teutonen haben die Juden schon immer besser verstanden als diese sich selbst. Hiermit lade ich alle Österreicher ein, mich in meinem Labor zu besuchen. Ich werde mir die Zeit nehmen und sie herumführen. Mein Labor befindet sich in der Universitätsklinik. Aber auch Nicht-Österreicher sind herzlich eingeladen.

Ach – Sie wissen nicht, wo das ist? Nun gut. Ich werde es Ihnen erklären: Sie nehmen die breite Straße, die von dem Platz in Drohobyc abgeht, neben der koscheren Metzgerei an der Ecke. Die Straße führt am Fluß entlang zu einer großen Brücke. Die überqueren Sie und gehen dann immer weiter, bis Sie zum Kentucky-Fried-Chicken kommen. Dann die nächste links und noch einmal rechts. Sehen Sie die Rosen? Sehen Sie die Dackelstatue? Dieses Haus ist dackelfreundlich. Der Hausherr heißt Happy, er ist zwanzig Zentimeter hoch, und sein Schwanz drischt wie ein Säbel hinter sich.

Ach, jetzt habe ich Sie zu Gretels Haus geführt. Diese Duplizität der Vergreisnisse! Aber da wir nun schon einmal hier sind – gehen wir doch hinein. Ich werde Ihnen zeigen, wo ich die schönsten Stunden der Woche verbringe, meine Sonntagnachmittage, unter diesem gefährlichen Kronleuchter, als Ehrengast an der schimmernden Tafel im Eßzimmer. Ich bin das Opfer, das sie bringen. Sonntags, wenn sie frisch gebeichtet und kommuniziert haben, müssen sie lieb zu mir sein. Die Heilige serviert mir Schnitzel, Ochsenfleisch, Mehlspeisen. Niemand redet. Wohlerzogene Österreicher sprechen nicht bei Tisch. Es ist aber leicht, eine Unterhaltung zu entfachen. Ich brauche die Stille nur mit einem Verb im Futur zu verunzieren. Schon lassen alle drei ihre Gabeln sinken und fragen mich, ob ich mir überlegt hätte, wie es nun weitergehen soll, nachdem die Haushälterin nicht mehr da ist. Wasfängstdujetztmitdiran?

»Du solltest irgendwo leben, wo man sich um dich kümmert, ein trautes Heim brauchst du, wir können dir eins suchen, du hast Geld genug«, drängt Gretel.

»Ein Professorengehalt«, spottet Dr. Umpfenbach.

»Von wo aus Sie uns nicht die ganze Zeit über anrufen müssen«, trällert die Heilige.

Ich lächele höflich und warte auf den Nachtisch. Palatschinken? Quarkstrudel? Ich bin völlig ihrer Meinung, und ich habe auch schon ein Heim im Auge: dieses hier. Wenn ich für immer bleiben darf, bin ich auch gern bereit, Dr. Umpfenbach mit Papa anzureden. Plötzlich wird Gretel nervös und erzählt mir von unserer Tochter, aber ich möchte lieber noch etwas von dem Nachtisch nehmen und mich dann ins Gästezimmer zurückziehen. Es ist wie für mich gemacht und liegt direkt neben Gretels Schlafzimmer.

Ich habe es geschafft und bin hingekommen, habe den Geruch von sauberer Bettwäsche und Weihwasser eingesogen. Abends im Dunkeln schimmern die Bettenden aus Mahagoni und beleuchten die Porträts verschiedener namhafter Ahnen, lauter Pathologen. Eine Familie von Sezierern wird über mich wachen. Zescha wird anfangs den Kopf hängenlassen, aber sie wird sich daran gewöhnen. Wird wird wird.

»Sei vernünftig«, kreischen sie, umflattern mich, hacken nach mir und kratzen. »Du kannst hier nicht schlafen! Wir können uns nicht um dich kümmern. Nimm dir eine neue Haushälterin!« Gretel winkt nach einem Taxi, während die Heilige und Dr. Umpfenbach mich in den schweren Mantel zwängen, sich dann auf beiden Seiten neben mir aufbauen und mir die Stufen vor dem Haus hinunterhelfen. Es gelingt mir, wieder hinaufzukrabbeln, meine Stöcke klappern auf den Bürgersteig hinunter, aber die beiden Alten tappen mir nach und pakken mich.

Ja, ich finde es herrlich dort. Meine Junggesellentage sind gezählt. Dort würde ich gern für immer wohnen.

Seit ich den Wunsch geäußert habe, an das andere Donauufer überzusiedeln und an einem geordneten kleinbürgerlichen Dasein teilzunehmen, liegt mir Gretel mit dem Plan in den Ohren, ich solle mich aus der Universität zurückziehen und mich zur Ruhe setzen, in einem »Heim«, wie sie es nennt, einer Anstalt für Altersschwache und Verrückte. Ich möchte allerdings darauf aufmerksam machen, daß dies unmöglich ist, denn ich habe noch einige wichtige Arbeiten vor mir.

Die Universität ist nur einen Katzensprung von meiner Wohnung entfernt. Ich bringe den Weg im Nu hinter mich, dank der eleganten Wanderschuhe, die mir Gretel zu Weihnachten geschenkt hat. Sie wollte mir beweisen, daß ich ihr noch immer etwas bedeute, deshalb hat sie mir die beste Marke gekauft, sie heißen

Sneakers. Meine täglichen Besuche im Labor sind wichtig, sonst würden die Assistentinnen dort nur faulenzen. Alle grüßen mich mit größtem Respekt, sie sagen »Hallo, Doktor« und manche »Hi, Doktorchen«.

Ich lasse mich an meinem Schreibtisch nieder. Später gehe ich dann in mein Kaffeehaus. Das ist ein angenehmes, sauberes Lokal mit ausgezeichnetem Apfelstrudel, und niemand hat etwas dagegen, wenn ich Zeitung lese. Es gibt noch viele andere Stammgäste, die meisten sind Neger. Die Neger ersetzen in diesem Café die Juden. Sie benehmen sich tadellos, es ist nur so, daß man keine einzige hübsche Frau zu sehen bekommt.

Dieses Kaffeehaus macht sich für mich wahrhaft bezahlt. Ich hebe das Plastikbesteck und die Pappteller auf und benutze sie zu Hause. Ich habe schon Papierservietten genug, um allen Mitgliedern der Akademie Cocktailhappen zu servieren. Auf den Servietten steht MacDonald's – komischerweise. Der Dr. MacDonald, der 1942 den Preis für Chemie gewann, wird denken, es seien seine und ich hätte sie ihm gestohlen, aber das stimmt nicht. Ich habe sie bloß mit einem schlauen Trick gehortet, ich habe nämlich an der Kasse immer zwei Servietten statt nur eine genommen, und die zusätzliche habe ich eingesteckt. Eine Zeitlang habe ich sie als Toilettenpapier benutzt und eine Menge Geld dabei gespart. Jetzt benutze ich das Toilettenpapier aus der Universität und hebe die Servietten für die Akademie auf.

Heute ist etwas Schreckliches passiert, ich bin außer mir. Ich saß ganz ruhig im Labor, als eine Assistentin vorbeikam und sagte: »Na, Doktor, wie fühlt man sich so an seinem ehemaligen Arbeitsplatz?«

Ich weiß nicht, was sie mit »ehemalig« meinte. Ein Zittern durchlief mich. »Ehemalig, sagen Sie! Was soll das heißen?«

Ich glaube, danach bin ich in ein Handgemenge geraten. Vielleicht habe ich sie geschlagen. Ich hoffe es zumindest, sie hat es verdient. Dann tauchte ein Mann auf. Er war kolossal stark, wie es bei Amerikanern oft der Fall ist. Er hielt mich fest, bis ich in seinen Armen nachgab.

Dann wandte er sich an die anderen, die uns gackernd umringten, und sprach zu ihnen mit dunkler Stimme. Er sagte ihnen etwas Beunruhigendes: Ich wisse nicht, daß es mir nicht gutgehe. Soviel ich höre, leide ich an der Altersheimer-Krankheit. Ich bin sicher, daß er es so genannt hat.

»Schreiben Sie es auf, ich glaube es nicht«, sagte ich zu ihm. »Ich werde einen Spezialisten fragen.«

»Sie sind eben sehr alt«, sagte er. »Da kann so etwas vorkommen.« Er sagte das in einem so freundlichen Ton, daß ich beschloß, nicht mit ihm zu diskutieren.

Er brachte mich nach Hause, schaltete den Fernseher für mich ein und sagte mit großer Ehrerbietung: »Machen Sie es sich bequem, bleiben Sie ein Weilchen daheim. Es kommt bestimmt jemand, der nach Ihnen sieht.«

Ich habe ein bißchen ferngesehen und fing an, Gretel zu vermissen. Zescha war sofort dagegen: »Diese Gans will nichts mit dir haben, spar dir deine Kraft für Wichtigeres.« Aber ich schob Zescha beiseite und wählte diese kostbarste aller Telefonnummern: 201-479-4301.

Sie wollten mich nicht mit Gretel sprechen lassen. Die Heilige sagte: »Gretel ist zu müde, sie kann nicht mit Ihnen reden, außerdem ist es zu spät für Anrufe.«

»Das ist unerhört. Ich will mit ihr sprechen!«

Sie legte auf. Ich rief sofort wieder an und sagte, ich würde kommen und sie besuchen, ich könnte mit dem Dackel unter einer Decke schlafen, wenn ihnen das lieber wäre, ich hätte nichts dagegen und auch nichts gegen den alten Pathologen.

Die Heilige kreischte: »Nein! Unterstehen Sie sich!« Und dann kam Gretel an den Apparat, ihre Stimme klang müde und alt und sagte: »Bitte, sei vernünftig, laß uns ein bißchen schlafen, es ist zwei Uhr in der Früh.«

»Sei vernünftig! Was heißt hier vernünftig – mich hier ganz allein zu lassen?«

Sie legte auf. Ich wählte von neuem. Es läutete ewig, und obwohl ich rief »Gretel, Gretel!«, antwortete sie nicht.

Da zog ich meine Sneaker-Schuhe an und ging durch eine kalte, helle Nacht zurück zur Universität. Es war sehr voll dort. Alle meine Kollegen waren da, in der gleichen Verfassung wie ich, und wollten sich mit jemandem unterhalten. Die ganze Nacht saßen wir herum und diskutierten über den Sinn des Lebens. Gegen Morgen setzte sich eine hübsche Frau neben mich und fragte, wer ich sei und ob ich emotional gebunden oder gar verheiratet sei. Sie wollte es wissen, bevor sie sich mit mir anfreundete und anfing, sich Hoffnungen zu machen. Ich versicherte ihr, meine Ehe mit Gretel sei vorbei, aber sie war mißtrauisch. Sie wollte selbst mit Gretel telefonieren.

Wie sich herausstellt, wollte sie sich nur über mich beschweren. Sie behauptet, ich würde den Leuten in der Notaufnahme auf die Nerven gehen. Gretel war empört, weil alle meinten, sie sei für mich verantwortlich, bloß wegen einer kurzen Ehe und eines Kindes, das diese Ehe überlebt hat.

Heute bin ich ganz allein, allein mit meinem hinterhältigen Körper.

Allein mit Zeschas flüsternder Stimme im Ohr und gleich daneben, mit ihrem Herzschlag, der neben meinem pocht, Zescha, mein Liebes, plötzlich hat sich bei mir das Alter eingeschlichen, ich bin krank und allein. Mein Gesicht ist kalt. Eine Stunde lang stoßen meine Augen Tränen aus, grundlos. Dann hören sie auf. Mein Gesicht fühlt sich jetzt gedehnt und trocken an. Ein Jucken wandert an einem Arm hinab, springt hinüber auf die Brust, auf den großen Zeh. Dort setzt es sich fest. Den ganzen Tag kauere ich über dem Jucken in meinem Zeh. Der Zeh wird blau.

Am Abend kommt eine Frau herein und biegt mich auseinander. Sie hat sanfte Hände, aber hübsch ist sie nicht, sie hat zu viele Runzeln. Ihr Gesicht ist naß. »Trockne dir das Gesicht ab, wer immer du bist«, sage ich zu ihr. »Sonst tropfst du noch auf mich herunter.« Sie entgegnet: »Sieh dir deinen Zeh an!«

Sie kniet vor mir nieder und ergreift behutsam meinen Fuß, als ob er kostbar wäre. Ich mag sie, und sie kommt mir sehr vertraut vor. Ob sie meine Schwester ist?

Darüber lacht sie. »Ich bin deine Tochter.«

»Aber wer ist dann deine Mutter?«

»Gretel ist meine Mutter«, sagt sie, »aber mach dir ihretwegen keine Gedanken.«

»Es ist nicht wichtig«, sage ich.

»Kratz dich nicht mehr, du Dummkopf«, schreit sie.

Sie hilft mir ins Bett und befestigt das Telefon an ihrem Ohr. Sie weiß, wie sie den Finger in die kleinen Löcher stecken und an ihnen drehen muß, bis jemand mit ihr spricht. Ich habe vergessen, wie man das macht.

Während ich über all dies nachdachte, verschwand sie plötzlich. Ich sah nach meinem Besteck. Es war ebenfalls weg. Und mein Geld! Bis auf den letzten Penny.

Sie war also eine Diebin. Sie hat alles mitgenommen, nicht ein Penny ist mir geblieben, und mein Preis ist mir schon vor Jahren gestohlen worden. Ich muß die Polizei anrufen. Mein Finger paßte in das letzte Loch, er ist kräftig und wankte nicht, und mit einem kräftigen Schwung warf er die Scheibe ganz herum.

Mein Finger war eingeklemmt, war zu weit unter das silberne Brückchen geraten. Aber dann kämpfte ich mich frei. Die Fänge des Telefons hatten tiefe Spuren hinterlassen, und ich hatte Angst vor den Folgen, Wundbrand, Amputation, da sprach aus dem Hörer eine freundliche Stimme zu mir: »Ermittlung.«

Der Polizist war groß und sah gut aus, ein amerikanischer Mann, er erinnerte mich an Severo in der Zeit, als er seinen Preis kassierte, sich zu den Nobelleuten gesellte. Vor lauter Bewunderung wäre ich damals fast in Ohnmacht gefallen. Groß sein, gut aussehen, Christ sein und ein hervorragender Wissenschaftler. Es gibt unter uns nämlich auch ein paar kolossal kleine, häßliche Nicht-Christen, wissen Sie. Und dann so ein blendender Ritter wie Severo.

Severo kämpfte im spanischen Bürgerkrieg. Wenn ihm jemand in die Quere kam, schoß er ihm den Kopf ab. Ich habe nie ein Insekt zerquetscht. Ich fuhr nach Frankreich, und als mir mein Feind nach Frankreich folgte, bestieg ich ein Schiff nach Amerika. Ich ließ meine Mutter bei Zescha. Meine Schwester fing wieder an zu sprechen, als meine Mutter damit aufhörte. Von einer Minute auf die andere hörte unsere Mutter auf zu sprechen, als unser Vater starb. Ein Leben, das ganz dem Öffnen und Schließen ihres Mundes gewidmet gewesen war, verstummte schlagartig, während sie zusah, wie der Leib ihres Mannes in die Erde sank. Gottes Ratschluß. Er ruhe in Frieden! Zescha hatte das Hospital verlassen dürfen, um an der Beerdigung teilzunehmen. Kaum war unsere Mutter still, da erwachte Zescha aus ihrer Trance. Ihren Rollstuhl schob sie eigenhändig aus dem Friedhof.

Ich wollte Österreich so bald wie möglich verlassen. Ich kaufte Zescha zwei Eisenbahnfahrkarten nach Drohobyc. Ich sagte: Bring Mama zurück und warte, bis ich dich von New York aus nachkommen lasse. Ich brachte sie zum Bahnhof. Sie winkten mir aus dem Fenster zu. Das heißt, Zescha ergriff Mamas Hand und wedelte damit. Der Wind schob Zescha das rote Haar in ihr süßes, bleiches Gesicht. Die Miene meiner Mutter war ausdruckslos, als sei niemand zu Hause.

Ich habe seit langem nichts von ihnen gehört.

Langsam schwindet mir die Hoffnung, daß sie noch leben könnten.

Darin besteht das Problem. Niemand besucht mich. Nicht einmal Severo oder Hans oder der sarkastische Erwin. Ich rufe Gretel an und erkläre ihr jammernd, sie hätten mich seit Jahren nicht besucht!

Sie korrigiert mich. Ich hätte letztes Jahr eine Cocktailparty veranstaltet. Alle seien gekommen. Aber ich hätte mich schlecht benommen. »Du lädst sie zum Cocktail ein und vergißt, Getränke zu kaufen, und als dann alle herumstehen und höflich versuchen, eine Unterhaltung in Gang zu bringen, schaltest du den Fernseher ein, auf volle Lautstärke, und siehst dir ›All in the Family‹ an.«

Eine Lüge! Das ist nie geschehen. Ich werde Severo und Hans und Erwin anrufen und sie bitten, mir die Episode ganz genau zu erzählen. Aber mein Telefon ist besetzt. Ach ja, der Polizist benutzt es gerade, er redet mit jemandem. Ich will wissen, mit wem, schließlich ist es mein Telefon, und er sagt: »Mit Ihrer Tochter.« Dann dreht er mir den Rücken zu und flüstert weithin hörbar ins Telefon: »Verfluchter Mist, Lady, Sie haben hier ein Problem.«

Tag, Nacht.

Dunkel, hell.

Warm, kalt.

Hungrig, satt.

Worin besteht der Unterschied? Es gibt ihn, das gebe ich zu. Aber bedeutsam ist er nicht.

»Iß etwas!« ruft meine Nachbarin.

Ich wußte gar nicht, daß ich eine so hübsche Nachbarin habe. »Nach deinem Aussehen zu urteilen, hast du seit Wochen nichts mehr gegessen, dagegen müssen wir etwas unternehmen.«

Dann überlegt sie es sich anders und schreit: »Du hast gerade gefrühstückt! Bist du denn immer noch nicht satt? Erzähl mir nicht, du wolltest schon wieder essen.«

Später: »Ich habe dir fünfmal nacheinander Frühstück gemacht. Jetzt wartest du ein paar Stunden, und dann gibt es Mittagessen.«

Dann sagt sie etwas Trauriges: »Und nach dem Mittagessen muß ich gehen.«

»Wo ist Gretel?« frage ich.

»Gretel und du, ihr seid nicht mehr verheiratet. Du hast sie verlassen. Hörst du, sie lebt jetzt ihr eigenes Leben. Laß sie in Ruhe. Einmal die Woche kommt sie dich besuchen. Aus reiner Herzensgüte!«

»Ihr seid alle Miststücke!« rufe ich.

»Adieu«, sagt sie. Sie küßt mich auf die Wange. Sie hat Tränen in den Augen. Wenn mir bloß wieder einfallen würde, wer sie ist, obwohl das auch nichts ändern würde.

Da dämmert es mir plötzlich: Meine Schwester!

Kuß, sage ich.

Sprich englisch! sagt sie.

Kuß, Kuß, Schwesterchen.

Ich folge ihr, sie geht davon. Ich packe sie und küsse sie auf die Stirn. So habe ich es gern. Keine Ansteckung. So küssen, und man lebt ewig.

Stark heute morgen. Mir ist wieder eingefallen, wie man mit dem Telefon umgeht. Ich rufe die Nummer an, die so tief in meiner Erinnerung verankert ist, 201-479-4301, und sage der Frau, die mit müder Stimme antwortet: Zescha haßt dich, dich und deine christlichen Innereien und dein dickes Christenfell.

Diese Frau – wer ist sie, woher weiß sie Bescheid? – sagt zu mir: »Hör mal, deine Schwester gibt es nicht mehr, merk dir das, du hast dich ihr gegenüber wie ein Schwein verhalten, du hast sie zurück nach Drohobyc geschickt, erinnerst du dich – als die Nazis kamen. Du hast nur an dich gedacht. Ein egozentrischer Künstler. Die Nazis haben deine Schwester erschossen, und deine Mutter auch, und sie haben beide in einen Graben geworfen.«

Tumult wegen dem heißen, blauen Licht, wie sagt man noch: Gas. Ich habe wieder den Gasherd angelassen.

Sie haben es gerochen. Sie brachen in meine Wohnung ein, umtanzten mich wie die Paviane und riefen andauernd:

Gasherde sind gefälscht, die sind ehrlich, die muß man anzünden. Mit diesen Dingern. Sie winken mit kleinen Stäbchen nach mir und zünden sie an, und dann ist überall Feuer. Sie stellen eine lange Liste von all den Sachen auf, die ich falsch mache.

Ein Mann ist freundlicher zu mir als alle anderen. Kommen Sie, Doktor, laufen Sie hier nicht barfuß auf den Gängen herum, gehen Sie zurück in Ihr Apartment.

Er bringt mich hin.

Sehen Sie doch mal nach, was heute im Fernsehen läuft, und überlassen Sie die Kocherei der Dame, die zu Ihnen kommt.

Heute im Fernsehen ein gutes Unterhaltungspogrom.

Ich will bei Gretel sein, aber sie sagt: »Nein, du kannst nicht kommen.«

»Warum nicht, es geht mir gut. Ich kann die Geräusche und Gerüche des Alterns im Heim verkraften, ich schäme mich nicht, mitanzusehen, wie deine Eltern verwesen.«

»Meine Familie hat etwas gegen dich. Weil du ein Radaubruder bist«, erwidert sie.

»Dein Radaubruder, Liebling, und deshalb bist du meine Schwester.«

Nach all den Jahren versuchen mich die Banditen immer noch einzuholen. Oder bin ich da einer Täuschung erlegen? Das Schiff nach Amerika, Gretel, der Preis, lauter Täuschungen?

Damit alle wissen, woran sie sind, drehe ich noch einmal den Gasherd auf, ohne anzuzünden. Plötzlich kommt eine Frau zur Tür herein. Ich nehme sie in die Arme, sie wehrt sich nicht. Sie ist eine kräftige, hübsche Person, ich weine ein bißchen, es ist so lange her, seit ich eine Frau umarmt habe: »Ich weiß nicht, in was für einem Verhältnis wir stehen, aber ich weiß, wir stehen uns nah, bitte sagen Sie, daß wir ein Verhältnis haben.«

»Komm, wir packen eine Tasche für dich«, sagt sie. »Wir bringen dich in ein Heim. Es ist alles abgemacht. Mein Taxi wartet unten.«

Ängste und Ehrgeiz kann ich in den Wind schlagen. Ich habe ein Alter erreicht, in dem mir das Wort Heim alles bedeutet. Wie jeder normale Mensch, der beim Militär oder im Gefängnis die gute Nachricht erfährt, kann auch ich sagen: Endlich, endlich kehre ich heim, in diesem Falle in die Villa an der Donau, wo ich hingehöre. Und wie ein normaler Mensch – in dieser Hinsicht ist das Leben an mir vorübergegangen – bin ich außer mir vor Freude.

Irene Dische im dtv

»Irene Dische schreibt so leicht und immer ein wenig ungeduldig flink. Sie besitzt einen Humor, der nicht den Zeigefinger hebt, sondern angelsächsisch lustig ein Zwinkern vorzieht.«
Rolf Michaelis in der ›Zeit‹

Der Doktor braucht ein Heim
Übers. v. Reinhard Kaiser

ISBN 978-3-423-**08221**-1 und
ISBN 978-3-423-**13839**-0

Berühmt wurde der Doktor durch Irene Disches Bestseller ›Großmama packt aus‹. Seinen ersten Auftritt hatte er aber bereits 1990 in dieser brillanten Erzählung, in der ihn seine Tochter in ein Altenheim bringt und der betagte Nobelpreisträger sein turbulentes Leben Revue passieren lässt.

Ein Job
Kriminalroman
Übers. v. Reinhard Kaiser

ISBN 978-3-423-**13019**-6

Ein kurdischer Killer in New York – ein Kriminalroman voll grotesker Komik.

Großmama packt aus
Roman
Übers. v. Reinhard Kaiser

ISBN 978-3-423-**13521**-4
und dtv AutorenBibliothek
ISBN 978-3-423-**19134**-0
und dtv großdruck
ISBN 978-3-423-**25282**-0

»›Großmama packt aus‹ zeigt das Gesamtbild bürgerlicher Familienkatastrophen. Unbarmherzig, liebevoll, hinreißend.« (Michael Naumann in der ›Zeit‹)

Loves / Lieben
Übers. v. Reinhard Kaiser

ISBN 978-3-423-**13665**-5

Irene Disches Liebesgeschichten sind eigentlich moralische Erzählungen. Sie suchen nach Gerechtigkeit und finden sie nicht. Denn die Liebe ist zutiefst unfair.

Fromme Lügen
Übers. v. Otto Bayer und Monika Elwenspoek

ISBN 978-3-423-**13751**-5

Irene Disches legendäres Debüt: Erzählungen von Außenseitern, von Emigranten und Gestrandeten, von Umsiedlern und Flüchtlingen und nicht zuletzt vom alltäglichen Exil des Greisenalters.